POEMAS DE TERREIRO E ORIXÁS

CYRO DE MATTOS

POEMAS DE TERREIRO E ORIXÁS

MAZZA edições

Capa
Maurício Negro

Revisão
Libério Neves

Projeto gráfico
Élio Silva

M444p Mattos, Cyro de.
Poemas de terreiro e orixás / Cyro de Mattos.– Belo Horizonte: Mazza Edições, 2019.
96 p.

ISBN: 978-85-7160-723-1

1. Literatua brasileira. 2. Poesia. 3. Religiões afro-brasileiras. I. Título.

2019-1250 CDD: 869.1
CDU: 821.134.3(81)-1

Elaborado por Odilio Hilario Moreira Junior - CRB-8/9949
Índice para catálogo sistemático:
1. Religião 200
2. Religião 2

Mazza Edições Ltda.
Rua Bragança, 101 – Pompeia
30280-410 Belo Horizonte - MG
(31) 3481-0591 • pedidos@mazzaedicoes.com.br

Dedico aos negros que foram tirados
da África para a escravidão
no Brasil Colonial.

Desgraçada gente minha,
A gente do meu amor!

Lino Guedes

SUMÁRIO

Poemas de Terreiro

Poemas de Orixás

Modo encantatório de pensar o negro

O saudoso Agenor Miranda Rocha, um dos maiores oluôs (adivinho, sacerdote oracular) da tradição ketu-nagô no Brasil, era também um refinado sonetista. Conhecendo-o de perto, indaguei-lhe um dia por que jamais compusera um verso sequer sobre as coisas do culto. Disse-me que a linguagem simplesmente não o mobilizava nessa direção. Sua temática constante era o amor à divindade, à fraternidade, à natureza, às pessoas. Mas ele escrevia com a força da fala de um grande portador do axé que, como se diz no candomblé, é "a luz do dia".

Noutros poetas, li tentativas em que o vernáculo do culto mostrava-se correto como um nome no dicionário, mas sem a sedução litúrgica do segredo que, mesmo sem ser nomeado, transparecia nos sentimentos sutis dos versos de Agenor. Nos experimentos, o manejo das palavras nagôs não ia além do artesanato, não se transformava no modo encantatório de pensar, que é a poesia.

Agora, entretanto, grata surpresa, Cyro de Mattos, com o "punhal tecido de pranto" ("história do Corre-Costa") atira "certo na caça" ("quilombo") deste Poemas de terreiro e orixás. Surpresa minha, fique claro, que não sabia Cyro tão próximo do que, para mim, é luz do dia: a luminosidade expansiva de outro modo de existir e de pensar. Cyro extrai poesia de onde outros simplesmente resvalaram, quer dizer, da matéria resvaladiça, aos olhos de fora, dos cultos afros.

A experiência primeira do leitor destes poemas é a do ritmo. Cyro me parece escrever respirando, além de convidar o leitor a entrar no sopro das vozes que atravessam o terreiro por força dos orixás. Quem não quiser entrar no jogo do sentido, faça o jogo do ritmo e se veja aderindo às protoformas que presidem à poesia, ao canto e à música. Não era isso mesmo o que acontecia nos coros da tragédia grega? Não é isso mesmo o que sempre aconteceu no nascimento dos poemas coletivos das sociedades tradicionais da África Negra?

Faz décadas, muito tempo que não vejo de perto o ficcionista e poeta Cyro de Mattos. Sim, tinha o cabelo enroladinho, branco não era, mas não o sabia tão negro. Isso importa? Talvez não, mas importa dizer que os elementos essenciais da melodia poética – duração, altura e intensidade – são às vezes como o quiabo colocado no chão por Ogum sob os pés da aguerrida Obá. O que faz Cyro? Não resvala.

Muniz Sodré

Obá Aressá Nilê Axé Opô Afonjá
Doutor em Letras (UFRJ)

POEMAS DE
TERREIRO

Abolição

Na zoeira do terreiro
batucam que batucam
tambores sem cambão.

Trepidam nesses punhos
o suor, a lágrima, o sangue
nos rastros do negro fujão.

Todos batem nesse tambor,
pode até não ser de fato
a tão esperada abolição.

Mas é o começo duma hora
que se faz tão grandiosa
como o verde na amplidão.

África agora é uma só voz
na esperança das manhãs
sem o ferro do vilão.

Canga

Não se logra extrair
os ossos dessa massa,
os músculos mutilados
no esforço dos anos.
Tuas mãos, escravas,
alimentadas na turva
ferida, dor sem cura.

A atrocidade no ferro
que furou o coração,
a enchente na vala
que transbordou de mágoa,
nuvens não tocadas.
Nunca será paga a conta
na mancha que envergonha.

Como herança os rastros
dessa noite escura na pele
que te lança nos muros,
agarra-te nas manhãs
com sua claridade vista
apenas pelos não pretos.
Até quando barreiras
de tua cor opaca farão
da vida uma coisa qualquer,
desigual, desvão sem canto?

Pelourinho

Como suportar?
Treze... trinta... cinquenta...
até o último gemido.

Os outros olhando
cada chibatada. Tristes,
sem nada fazer.

Ladeiras gastas.
E esse vento que recusa
ao largo a desgraça.

Escravo

Uma mão
feito casca
não lava
a outra
feito lixa.

Ásperas
as duas
feito bucha
limpam
as duas
no esmero
do senhor.

Limpam
as sobras
ou largura
depois de lá
de dó em dó.

Perto
de o dia
clarear
até o sol
se pôr.

Ferro de passar roupa

Passa minha roupa
lembrando outros tempos.
Vai fazendo estragos
na pele de meus bisavôs.

Ferro nos pés, mãos
na carne viva chiando,
o coração sangrando.
Do ventre e de velhice
um dia foi banido.
Afinal teve as asas
pra voar sem marcas?

Nas fendas acumuladas
impregnado de aversão.
No caco, no estômago
mal surge cada manhã,
no prato lavado na pia.
Empoeirado na lata,
nas unhas corroídas,
com urubus pelo lixão.

Pra findar eternidades
desses gestos caóticos,
a natureza inventou
uma escultura jovem,
no caldo uma mistura
doutra ginga infiltrada.
Sem fissura, amargura,
pisando no chão, solta
com a pulseira do amor.

História do Corre-Costa

Punhal tecido de pranto
dessa hora desalmada
jamais houve na África,
vagas de sal soluçam
porão na escrava rota.
Um dia, o mar revolto
naufraga amara carga,
salvá-la em troca da alma
da filha e da esposa.
ao príncipe das trevas,
o preço do Corre-Costa,
português embarcadiço
feito senhor de roças.
E ondas do litoral agitado
viram a terra estremecer,
abismo esconder o sol,
treva ficar de emboscada.
Chão recusar dois corpos,
um da filha inocente,
o outro da mulher amada.
Sangue correr na terra nua,
demorado gargalhar de bruxa,
uivar de vento na estrada.
Na mata, açoite inclemente,
passos gemidos na canga,
em pânico fuga das sombras.
Conta minha avó memória
que fúria do Cão só se afasta
das serras e das baixadas
quando abafar na goela
o choro da última alma.

Quilombo

Arrasto o peixe,
atiro certo na caça.
Lavro a terra,
o sol radiante
acende meu coração.

O vento eu sinto
chegar saboroso
nos frutos naturais.
Pela tarde ouso tocar
nuvens no alto céu.

Temperos verdadeiros,
tenho negra pra dormir,
noite a me aquecer
nem tudo é tristeza aqui
ferrada no meu querer.

A vida assim vivida
sem decisão de matar-me
não é difícil como quê.
É batuque vindo d'África
nesse pedaço de mim.

Candomblé

Preceito, respeito.
Se for de paz,
venha pra cá,
vamos conversar
com os orixás,
que de longe vêm,
de lá, bem de lá,
sem nunca se cansar.
Vamos agradecer
a graça de Oxalá,
vamos cantar,
vamos dançar.
Vamos rodar
no transe caindo,
vamos nos ligar
a cada santo
no seu galopar,
vamos com fervor
promessa pagar,
vamos comer
comida boa
e beber aluá.
Vamos conhecer
de África coisas,
caminhos, flores,
segredos, cores.
Quem é do axé
nesse batuque
não nega que é
da terra, água e ar.

Damiana do Keto

De manhã matança,
para Exu põe o padê
antes de o sol cair.

Negra grande, magra,
a África e seu povo
nesse cavalo cavalgam.

Cantigas e danças,
dos orixás percussões.
vozes, sinais, roupas.

Dos cortes na pele
conheceu. Mas nada!
E sua fé venceu.

Barraca

Abará, acarajé,
adum, ajabô
lelé, amalá
arroz de hauçá
caruru, vatapá
xinxim de galinha
aberém, acaçá
bobó de camarão
e ainda mugunzá.

Quem vai querer?
se provar, vai gostar.
Vai voltar e dizer:
– Hum, é bom.
  Danado de bom.
  Mais, bote mais,
  só no céu é melhor.

Preto Domingos

Preto velho
ensinou,
sim, senhor,
ensinou,
com sua figa,
cachimbo e pó,
o seu patuá,
seu canto manso
e uma fé maior
do possuído tira
o encosto pior.
No mal dá um nó.

Festa

Sua coreografia,
seu colorido,
suas danças,
vento ameno
nas bandeirolas
os olhos enchem.

Toques, gestos,
roupas, prosas,
insígnias, colares,
ares cheirosos,
embriagadores.
Temperos requintados,
picantes sabores.

Cânticos do transe,
adarrum, adufá,
na descida orixás.
Rum, rumpi, lê,
regidos por alabê.

No Axé Opô Afonjá
é que então vim notar
quanta beleza
África irradia
quando desce na Bahia.

Numa roda canta,
numa roda cavalga,
numa Casa santa
que o mal espanta.

Zumbi

Eu falo Zumbi,
digo Palmares,
ritmo da liberdade.

Eu falo Zumbi,
digo Palmares,
batuque da igualdade.

Eu falo Zumbi,
digo Palmares,
manual da fraternidade.

Eu falo Zumbi,
digo Palmares
sem o açúcar insaciável.

Eu falo Zumbi,
digo Palmares,
gente em grito indignada.

Eu falo Zumbi,
digo Palmares,
salta no abismo a África.

Capoeira

Ao pé do berimbau
 arte, jogo, festa.
Toque ancestral,
filosofia, manha.

Samuel Querido de Deus,
Algemiro Olho de Pombo,
Feliciano Bigode de Seda,
Pedro Porreta, Sete Mortes.

Em Besouro Mangangá
escapa-se voando.
Na angola Pastinha,
na regional Bimba.

No discípulo que aprende
o mestre que dá a lição.
O segredo de São Cosme
quem sabe é São Damião.

Mestre Bimba

De África imemorial
pra divertir na escravidão,
das vielas liberdade,
dos becos vadiagem,
da casa velha no salão
a Capoeira Regional
com a maestria de Bimba,
a manha com golpes
tirados de outras lutas.
Didática dum negro
iletrado, sábio, manso.
Aqui não se tem medo
de apanhar, escapar
da emboscada do vilão.
A chave é o improviso,
negacear com a treta,
arte de armar, apalpar,
armadilhas desarmar.

Mostrando como gingar,
mostrando como jogar,
o berimbau ensina:

Menino, quem foi teu mestre?
teu mestre foi Salomão,
te ensinou a capoeira,
no Engenho da Conceição,
a ele não deve dinheiro,
deve saber obrigação
do discípulo que aprende,
sou mestre que dou lição.

ÁFRICA

Longe, tão longe.
na savana soprando
o espírito de Deus.
A aldeia uma terra
que na semana usa
manhãs de brilho,
ventos, chuvas,
contas, búzios.
Entre os cânticos,
passos, braços,
calor do peito,
suor do corpo,
ancestral laço.

Longe, tão longe
estrelas piscando.
Cachos de prata
descendo da lua
na noite calma.
A natureza plena
como deve ser
vista e tocada.
Temida no claro,
caçada no escuro
sob perfeita ordem.
Menos para o golpe
do capitão branco,
de vilania o portador,
o litoral agitando.

No saque que urdiu
ferro inconcebível
encarnado de sangue
extirpou da mãe
o filho, sem dó.
Homem no porão
(em África venceu o leão)
agora no ferro, preso,
horror e lágrima
dizem que é bicho
recuado no ar fétido,
seu corpo amassado,
marcado sem perdão.

Impagável é esse borrão
que o fez sustentar
com fortes chibatadas
todo o peso terrestre
de uma cena perversa,
voraz em boca enorme.
Do sonho atrás despido,
jogado na cova rasa,
órfão, sem presteza,
sina varada no exílio,
apagado, mais nada.

Severina Nigeriana

Lavava, enxaguava,
engomava, passava.

A sinhá protestava,
a cabeça não curvava.

Limpava, asseava,
cozinhava, arrumava.

Senhorinha implicava.
escutava, guardava.

Espanava, carregava,
fiava e desfiava.

O senhor apressava,
calada continuava.

Esfriava, esquentava,
penteava, madrugava.

A sinhá soluçava,
serena aconselhava.

Sinhá não desconfiava
do que ela trouxe da África.

Desde cedo por lá
houve uma rainha sábia.

Negrinha Benedita

Por causa
dum frasco
de cheiro
apanhou
de chibata.
Os outros,
assombrados,
não puderam
fazer nada.

Sem andar
dias ficava.
Quando sarou,
falou ao vento
que ia embora.
Pelo mato
foi voando,
escapou
da cachorrada.
Teve sede,
teve fome,
levou espinho
pela cara.
Para trás
não olhava.
Com uma
espada afiada

que lhe deu
uma mão oculta
um dia viu
no quilombo
que, ali, era
sua morada.

Aconteceu
que depois
a cabeça
da sinhá
amanheceu
decepada.
Ninguém viu
como se deu
na escuridão
daquela noite
a revanche
assim marcada.
Por causa
dum frasco
de cheiro
que ela pegou
pra ser cheirada.

Nação

Gritos como sinais
ecoam na planície,
saltam centelhas
das vozes ligadas
na corrente frenética
embarcada na África
para a Bahia negra
caindo no transe.
Nenhum outro batuque
trepidando na alma
tem mais grandeza
do que esse que faz
as distâncias perto,
joga raios do céu,
bate envolto em magia.
Canta, trepida, embala,
precipita ventos, falas
nesse tum-tum febril
que o coração arrebata.

Voz do Negro

Saltava do peito o céu
pela savana infinda,
célere alcançava
a terra, a água e o ar.

Arrancada do ventre,
açoite e tormento,
no ferro do porão
carregava lamentos.

Presa pelo açúcar,
lenta, entorpecida.
Não jogava raios,
sem asas o vento.

Para onde fosse,
os ossos doendo,
em rigor oprimida
pelo açúcar sedento.

Virgindade

Da cabaça o mel
para servir a seu dono,
que deixava o fel.

Pra matar a sede
do que batia nos dentes
e arrancava a flor.

No mês mais um tanto
comido pelo senhor
calmo por enquanto.

Ama de Leite

Seio puro e farto
lambido, bebido
para o anjinho
não sucumbir.

Cantiga baixinha,
monótona, serena,
dava soninho bom,
o sonho aquecendo.

Senhores bigodudos,
sisudos doutores,
quantos provaram
e saíram ilesos?

A paga na roupa
lavada, engomada.
No fogão, no asseio
a vida continuava.

O tempo as dores
moendo, remoendo.
Como devia ser,
o céu ordenava.

Navio Negreiro

De suja carga
difamação
rejeição
perseguição
amarração
marcação
submissão

não adiantava
gemer
não adiantava
mugir
não adiantava
viver
muito melhor
morrer

funda a ferida
amargo o ferrão
ardido o sal
aguda a solidão
negro negro negro
o mugido anuncia
a sede e a fome
de boi em agonia

todo esse mar
é a desgraça
não branca
que até hoje
das entranhas
rola nas ondas
o seu mal-estar

despejo na praia
diz de um tesouro
alimentado do pai
alimentado da mãe
do filho e do irmão
ofensas no amor
de suor fabricado
da sonorosa canção
do constante senhor.

Casos de Terreiro

Em qualquer canto
silêncio, espanto.
Tanta coisa narrada
o terreiro escuta.

Falares com sabor
dos antepassados,
feitos, conquistas,
de África imemorial
o desfiar de suas cores.

Maneira de resistir
aos que dão as costas
ao que lateja na alma,
na roda do mundo
essa voz não cala.

Uma fala puxa a outra
com raiz profunda
como essa que alerta
sem deixar dúvida,
a boniteza e a feiúra
nos olhos de quem vê.

Quanto mais escuta
o coração não cansa,
gosta tanto de saber
quanto mais evoca,
quanto mais sonha.

Banzo

O que é, sei não.
Difícil de dizer
dessa coisa triste,
difícil de saber.

Bebida que desce
pra esmorecer,
dentro de mim
sem compadecer.

Não desgarra
quando agarra
meus passos, sós,
sem esperança.

Dá pena quando ouço
essa voz de África
com brilho forte do sol,
o que ficou para trás.

Dá vontade de sumir.

Sagrada Colina

A manhã é uma pomba,
reza e canta. Abraço
na barca da glória.

Visões encantam
nas baianas negras
de branco vestidas.

Vozes de África
chegam do cortejo
com água de cheiro.

Epa Babá! Epa Babá!
Ao largo, escadaria
a bênção e a graça.

Jarros derramam
cachos perfumados.
Sem a paz tudo é nada.

Rainha Menininha

Sabe a graça,
união, bênção,
caminho, espinho
na onda serena.

De África e Bahia
distâncias desfeitas
sem sair do terreiro
sob cantos e cheiros.

Doce mãe plena
trazendo o mundo
na Casa que rege,
na mão fechada.

Festa com pétalas
lançadas a seu povo
que roda na Casa
da rainha Menininha.

Mãe Stella de Oxossi

A estrela dorme,
revela-se sem transe.
É feita de cantos,
bênçãos e passes.

Grandes cinzas
consomem os filhos.
Os atabaques mudos
da estrela, profundos.

Oxossi está nela,
atira na treva.
À mata da morte
o arco e a flecha.

O mundo entardece,
tudo sopra o vento.
Do jeito que pende
abana o mito.

Velas da África
deslizam nas rezas.
São os rostos tristes
do candomblé na Bahia.

A Baiana e o Abará

De perder o sono
quando provado.
Servido na oferenda
elogiam a iguaria
os deuses africanos.

Zonzeira me dá,
coceira, gula,
água na boca
pra qualquer canto
que vá, lembrando.
Logo quero voltar,
só pra comer abará.

Os olhos vivos,
os risos alegres,
a pele cor de noite
em maciez de veludo,
os lábios carnudos,
sua voz dengosa
e os peitos fartos.

Mandinga que pega,
verão que me toma
nesse abará cheiroso
na Praça da Piedade
com gosto de África.

Negra Damor

Vem me fazer cafuné,
manda embora o calundu,
que beijo bom eu te dou.
Fica agora resmungando,
não afasta o mau humor.

Essa negra Damor!
Essa negra Damor!

Eu jogava capoeira
com amigos lá da rua,
da Sabina Maleira,
assanhada, risonha,
ela soube, não gostou.

Essa negra Damor!
Essa negra Damor!

Se Sabina bate palma,
não posso fazer nada,
animada também canta
a cada ginga que faço,
a cada golpe que dou.

Essa negra Damor!
Essa negra Damor!

De noite me entoja,
no quarto dorme só,
meus quitutes cadê?
De dia morde os beiços,
jura que vai falar com Exu.

Essa negra Damor!
Essa negra Damor!

Não consegue acreditar
que sou eu seu escravo
pra defendê-la com amor,
a cada ginga que faço,
a cada golpe que dou.

Maria Dalegria

O rosto alumiado
da noite no dia.

Na voz saliente
a boca faladeira.

O cheiro cheiroso
o ar penetrante.

Como jabuticaba
evocando na pele.

Ninguém feito ela
uma quizília espanta.

Rebuliço, euforia.
O terreiro contagia-se.

É ela, Maria Dalegria!

Alguns momentos

O clamor do poeta
no mastro do navio negreiro,
do batuque da resistência
ao Brasil Colonial.

Jesse Owens ganha de Hitler
nas Olimpíadas da Alemanha,
a música Jazz em Nova Orleans.

A indignação de Lima Barreto
no Rio de Janeiro da *belle époque*,
as mãos de Martin Luther King
no rumor de inúmeras mãos.

Mandela liberta a África do Sul,
pedra sobre pedra. Zumbi em grito
no coração da África brasileira.

O milésimo gol de Pelé,
Do mundo a flecha
mais rápida: Osain Bolt.

O gingado, o rebolado, a batida,
o canto. O riso escancarado
na passarela de Sapucaí.

Essa flor que resultou
com matriz europeia,
inspiração de escultura
misturada, estonteante.

Inimitável o dia com a noite,
os seios despontantes,
os quadris provocantes.

O amor só é feio nos olhos
de quem não quer ver. A vida
é bela em qualquer um, tem
gente que não dá valor a ela.

O CANTO IMPOSSÍVEL

Quero cantar o negro
com todas as notas
de meu coração lírico.
Torna-se impossível.

Pra não morrer corre
do irmão em África.
Foge como bicho,
na tevê eu vejo.

Os dentes da guerra,
a fome, a sede, o sal
alimentam o sonho
de dias melhores.

A carga precária
no barco socada.
De repente emborca,
morrem centenas.

Ouço os gritos,
pressinto as mãos,
debatem-se na água,
somem no desespero.

A Europa não se importa
com o menino nascido
nessa aventura suicida
do novo navio negreiro.

Quero cantar o negro
mas, como fazê-lo?
Resistência, sofrimento
fazem o verso impossível.

POEMAS DE
ORIXÁS

Orixá

Ouve a queixa,
aconselha.
Dá remédio,
concede graça.
Abre caminhos,
desfaz quizília.

Resolve desavença.
Consola o triste,
enxuga o magoado.
Conduz essa noite
onde há cantigas
que apagam brasas,
enterram troncos
ao som de dores
vindas nos rastros
doutros tempos.

Rumo que clareia
todas as tormentas.
Sem haver distâncias
entre o céu e a terra.

Exu

Loroiê! Loroiê!

Homem das encruzas,
Tranca-Rua, Compadre
Legbá, Maioral, Kalobô
Tiriri, Mojubá, Maromba
Barabô, Chefe Cunha
Exu Akessan, Exu Iangui.

Vermelho e preto usa,
do padê na segunda
farofa, cachaça, dendê.
Tem que ter, há de ser,
é bom não esquecer.

De boa vontade leva
súplicas para os céus
dos humanos em dó.
Diabo não é. Dizem que é.
Diabo é o pai de santo
que se serve de Exu como é.

Oxalá

Epa Babá!
Epa Babá!

Nuvem mansa,
branca morada,
serena porção
na bênção dada.

O muito sem Deus
no mundo é nada,
o pouco com Deus
é o muito que sobra.

Não mereço que entre
em minha morada,
sei que me salva
com uma só palavra.

Com esta pomba
na concha da mão,
nesse abraço dado
de bom coração.

Ogum

Oguniê! Oguniê!

Pisou um dia na pedra,
toda a terra balançou,
o mundo ficou torto,
Oxalá endireitou.

Metal, amuleto, farol
por entre a solidão,
nunca me deixa cair
nem ficar na escuridão.

A espada empunhando
vai abrindo caminhos,
seu colaborador é Exu
na demanda contra o mal.

De caminhos abertos
em cada guerra que há,
golpes dum vencedor
de abismos aqui e acolá.

Cavaleiro que tudo sabe,
no cavalo fiel não cansa,
no claro-escuro ronda,
a travessia soberana.

Iemanjá

Odoiá! Odoiá!

Dona do mar,
renda na areia,
dança magia,
flor de luar.

Anágua de água,
prata marinha,
carícia de alga,
onda rainha.

Ó minha mãe,
no mar aflito
vem proteger-me.

Do sal que fere,
torna-me canto
de ondas sem grito.

Oxossi

Oké Arô!

O arco esticado,
a flecha ligeira
que atravessa certa
o coração da treva.

Tantas vezes sabe
 mal na estrada,
tantas vezes alcança
aguda lança afiada.

O verde da mata,
o cavalo branco,
no topo da lua
o dragão suplanta.

Aljava, espingarda,
couraça, chapéu de couro,
a capanga e o espanador,
garbo e graça na dança.

Oxossi caçador,
Oxossi benfeitor,
Oxossi guerreador,
Oxossi vencedor.

Oxum

Ora iê ô!
Ora iê ô!

Lindo lírio
quem mais
me dá?

Pura água
quem mais
me dá?

Cachos de sol
quem mais
me dá?

Espuma formosa
quem mais
me dá?

Carícia de leque
quem mais
me dá?

Dengo e ouro
quem mais
me dá?

Chuva branda
minhas penas
vinde molhar.

XANGÔ

Kauô Kabiesilê!
Kauô Kabiesilê!

Vermelho e branco
brilham no rei de Oió.
De obás assessorado,
seis de cada lado.

Teve muitas esposas.
Regala-se com carneiro,
Galinha- d'angola, cágado
caruru, muito dendê.

Ao toque do alujá,
másculo, vigoroso
dança. De suas mãos
no espaço raios lança.

Maravilha pra se ver
no passo e ao largo.
Eta raio que amedronta!
Eta trovão que estronda!

Iansã

Eparrei! Eparrei!

Destemida venceu
na peleja o marido.

Aguerrida natureza,
nem de eguns tem medo.

Raios, trovões
na Casa maneja.

Gritos lancinantes
no ritmo do ilu.

De repente muda,
tecida de pluma.

Como Rainha de Báli,
quando lá chega,

Põe para correr
todas as larvas.

Ibejes

Bejé Oró! Bejé Oró!

Ô Cosme e Damião
venham agora
seu caruru comer.
Ogum tá chamando,
Oxalá tá esperando.

Venham ver
quem está aqui.
Xangô, Iansã
Oxossi, Oxum.
Omolu, Oxumaré
Iemanjá, Ogum
Ifá, Logun Edé
Até Obaluaê.

Cosme e Damião
vão mesmo é brincar,
Cosme bate pandeiro,
Damião bate tambor.
Caruru, caramelo
pega-pega, gritaria,
meninada no salão
é só riso, estripulia.

Setembro é chegado,
à mesa sete meninos
em cada canto da Bahia
prestam suas
homenagens
aos mabaços da alegria.

Omolu

Atotô! Atotô!

Picada de cobra,
moléstia braba,
casca, raiz de pau,
reza forte que cura.

Receita com folhas
quando há sezão
e isprito maligno
no terrível encosto.

A mazela debanda,
a doença inclemente,
do doente possuído
no corpo e na mente.

Onde o céu fabrica
uma liga com a terra
qualquer desavença
desfaz com sabença.

Obaluaê

Atotô Obaluaê!

Quem me pôs aqui
neste mundo velho
soube me botar,
vai saber tirar.

Ó mundo grande,
sempre eu quis ter,
em poucos palmos
nunca vai caber.

Tem dó de mim,
vinde me guiar,
porque sou assim
vinde me valer.

Já não sei andar,
já não sei falar,
já não sei comer,
já não sei beber;

Já não sei olhar,
já não sei ouvir,
nesse leito escuro
nada sei fazer.

Obaluaê, Obaluaê.
vinde me guiar,
um pouco de luz
vinde me trazer.

Ifá

Axé Ifá!

Os búzios dizem,
as contas falam,
sonhos esclarecem.
O passado e o futuro
é Ifá quem pressente.
Que seria do candomblé
sem o seu rosário opelê,
o saquinho transcendental
com os cocos de dendê?

Sem o divino adivinho
pra desvendar o mistério
que levou à masmorra
Oxalá como um ladrão?
Ai do reino de Xangô.
Das pragas terríveis,
da total destruição
foi Ifá quem salvou.

Oxumaré

Arrobobô! Arrobobô!

Saindo de sua morada
onde o céu faz uma curva,
com as suas sete cores
limpa o lodo, a terra escura.

Para o céu leva a água
o filho de Oxalá e Nanã.
Lá nas alturas acalma,
aqui embaixo purifica.

Duas cobras de ferro
carrega e um tridente.
Dualidade, mistério,
em forma de serpente.

NANÃ

Nanã ê! Nanã ê!

Nanã Nanã Burucu,
Mulher de Oxalá
e mãe de Omolu.
Há quem diga
também de Exu.

Ponha aí: carneiro,
galinha, acaçá,
axoxó, aberém.
Usa branco, azul claro,
na terça clarezas, amém.

Cansada, vagarosa,
dança como uma velha,
com seu ibiri encanta.
Elegeram um templo dela
na ladeira de Santana.

Das águas a mais antiga
orixá que no charco mora.
Florzinha sozinha da planta
No pântano reza e perfuma.

OSSAIM

Euê ô!

Para limpar
para enfeitar
para confortar
para perfumar.

Para assear
para acalmar
para abençoar
para rezar.

De igual valor
como o incenso
como o médico
e o farmacêutico.

Razões da cura,
Ossaim é a folha
do candomblé
que se banha.

Boiadeiro

Arrobaché Caboclo!

– Quem vem lá?
– Encantado eu.

Luar de boiada,
rebenque de relva,
diadema de couro,
certeza de laço,
guerra vencida,
galope de arco-íris,
quem o pega? Só Deus.

Arreio de aurora
na porteira bateu.
Lonjura de rédea,
céu no chapéu.
Laço de estrela,
passo compasso,
campos de brida fiel,
incandescente gibão,
laça a rês mais cruel.

Vovó Maria Conga

Salubá! Salubá!

Saia branca engomada,
pulseiras em cada braço,
figa de guiné, miçangas.
Filha de Nanã Burucu,
dos orixás das águas
a mais velha Nanã é.

Conhece das coisas,
fala com os orixás
na língua de África.
Dança bonita dança,
vagarosa, serena,
como uma onda.

Rezou a menina,
baforou no cachimbo,
cheia de luz a fumaça,
na testa passes deu.
Bicho medonho saiu,
sacudiu o telhado,
estremeceu a parede,
pela janela fugiu,
numa nuvem escura
esgoelando-se, viu?
De um canto a outro
Grande medo ocorreu.

Nem ligou. Cuspiu.
De contente sorriu.

Quá-quá-quá
quá-quá-quá.

Vozes doces voltaram
das filhas que cantam,
contam e encantam:

Cadê a sua pemba,
cadê a sua guia,
seu congá
vem de longe
seu congá
tá na Bahia.

Cabelos brancos
parecendo bucha.
Olhos miúdos, pretos.
Sua voz aconselhando:

Vovó não quer casca
de coco no terreiro
pra não lembrar
do cativeiro...

As filhas dançando
branda ciranda branca,
repetem a cantiga
de que ela mais gosta.

Chega vovó, chega vovó
pra dar a seus filhos
seu amor, seu pitó,
sua cura, sua fé,
seu valor, seu axé.

Só vovó sabe dar
só vovó sabe ter
só vovó, só vovó
só vovó, só vovó.

Aqui, acolá
em todo lugar
quem quiser
venha ver.

Iroko

I rôko!

Ou Iroko ou Loko.
Cintilam ao sol
cabelos de ouro.
Raízes aqui embaixo
dão-lhe a justeza
da lama e do pó.

Ao ar livre dono
do pegi onde põem
oferendas e desejos.
Como Exu e Ogum
abre os caminhos,
nas estradas impera.

Difícil acalmá-lo
tomado de zanga.
Fácil vê-lo no tronco
enrolado na tira
de madrasto branco.

Orixá das matas,
no pedaço de terra
planta-se uma árvore
sagrada do culto.

Dos pobres é sombra,
esse orixá da guerra.
Como dois em um,
de um lado humilde,
garboso no outro.

Glossário

A

Abará - Pequeno bolo, envolto em folha de bananeira, preparado com feijão-fradinho, temperado n'água, com cebola, servido com camarão seco, muito apreciado entre os baianos.
Aberém - Bolo de milho enrolado em folha de bananeira.
Acaçá - Bolinho feito com farinha de arroz ou de milho, envolto em folhas de bananeira.
Acarajé - Pequeno bolo feito com feijão-fradinho, frito em azeite de dendê, cebola e sal.
Adarrum - Toque que provoca a descida dos orixás.
Adum - Bolo de fubá de milho, azeite e mel.
Ajabô - Caruru-branco, sem levar azeite de dendê.
Afonjá - Uma das formas de Xangô.
Alabê - Hoje é o tocador de atabaque, mas antes já foi o chefe da orquestra no candomblé.
Algemiro-olho-de-pombo - Capoeirista que ajudou a difundir a capoeira em Salvador, quando era jogada na vadiagem das vielas e becos.
Aluá - Bebida fermentada à base de casca de abacaxi, rapadura e gengibre.
Alujá - Toque de atabaque característico para Xangô.

Amalá - Caruru de baba.
Arrobaché - Arrobaché Caboclo! Saudação para Boiadeiro.
Arrobobô - Saudação para Oxumaré.
Arroz-de-hauçá - Arroz ligado, de água e sal.
Atotó - Saudação a Omolu.
Axé - Força espiritual. Valor. O fundamento, pilar de sustentação do candomblé.
Axé Opô Afonjá - Uma das casas de candomblé mais importantes da Bahia. Situada na Avenida Vasco da Gama, antigo Caminho do Rio vermelho. Tem em Stella Azevedo a sua iarolixá.
Axoxó - Comida feita com milho vermelho e fatias de coco.

B

Babalorixá - Pai de santo.
Báli - Cidade onde reina Iansã. Cemitério.
Barabô - Nome como Exu é também chamado.
Berimbau - Instrumento musical constituído de uma vara em arco e um fio de aço (arame) preso nas extremidades da vara. Na sua base, é amarrada uma cabaça, com o fundo cortado que funciona como caixa de ressonância.
Bimba - Um dos mestres importantes da capoeira contemporânea. Fundador da capoeira regional.
Bejê oró - Saudação para Ibeje.
Bobó de camarão - Prato feito com camarões refogados em temperos verdes e leite de coco, misturados no purê de aipim, mais dendê e gengibre
Boiadeiro - Orixá no candomblé de caboclo. É guerreiro, guardador das boiadas e pastos de Nosso Senhor do Bonfim.

C

Casa - Casa de candomblé. Cada um dos terreiros onde se pratica o culto religioso afro-brasileiro.
Cavalo - Cavalo do santo. A pessoa, homem ou mulher, possuída pelo orixá.
Chefe Cunha - Um dos nomes de Exu.
Congá - Ou gongá, altar com imagens de santos, pretos velhos, caboclos e outras entidades espirituais.

D

Descida - Descida do santo, ao toque característico do atabaque, que acelera o ritmo, a iaô cai no santo, é montada, possuída pelo orixá.
Dispírito - Corruptela da expressão de espírito; estava tomado dispírito maligno.

E

Eguns - Alma dos mortos. De criaturas do culto.
Epa Babá! - Saudação para Oxalá.
Eparrei! - Saudação para Iansã.
Exu - Mensageiro entre os orixás e os homens, equivocadamente confundido com o diabo.
Exu Akesson - Outro nome de Exu.
Exu Iangui - Como também se chama Exu.
Euê Ô! - Saudação para Ossaim.

F

Feliciano Bigode de Seda - Capoeirista que ajudou no passado a difundir o jogo da capoeira nas ruelas de Salvador.
Figa de Guiné - Amuleto em forma de uma mão fechada, alusivo ao Guiné, território da África. Preservativo contra malefícios e doenças.

G

Guia - Colar de contas, usado para identificar o fiel com seu orixá. Tem o poder de proteger quem o usa. Tem de várias cores. Pode significar o guia espiritual, o orixá, aquele que tem o poder de guiar seu filho.

I

Ibiri - Feixe de palha, símbolo de Nanã.
Iansã - Orixá feminino, deusa dos raios e tempestades.
Ibejes - Cosme e Damião, conhecidos como erês, os santos meninos, mabaços.
Iemanjá - Orixá feminino, dona das águas do mar.
Ifá - Orixá da adivinhação. Exerce função muito importante no candomblé.
Ilu - Toque especial do atabaque para Iansã.
Iroko - Orixá representado pela gameleira-branca.

K

Kaô Kabiesilê! - Saudação para Xangô.
Keto - Nação a que pertencem candomblés importantes na Bahia, como Menina do Gantois, Alaketo, Casa Branca, Ogunjá, Oxumaré e Opô.
Kolabô - Um dos nomes atribuídos a Exu.

L

Lê - O atabaque menor na orquestra do candomblé.
Legbá - Como também Exu é chamado.
Lelê - Bolo de bandeja, feito com milho e leite de coco.
Logum Edé - Orixá bissexual.
Loroiê - Saudação para Exu.

M

Maioral - Nome atribuído a Exu.
Mandinga - Feitiço.
Mangangá - Lendário capoeirista, ajudou a divulgar a capoeira nas velhas ruas de Salvador.
Maromba - Um dos nomes de Exu.
Miçanga - Colar de contas, que indica o orixá protetor da filha de santo, conforme sua cor.
Mojubá - Como também Exu é chamado.
Mungunzá - Comida afro-brasileira feita com grãos de milho branco, cozida em caldo açucarado.

N

Nação - Tribo africana. Cada um dos grupos de candomblé baiano: nação keto, nação ijexá, nação angola, nação gêge, etc.
Nanã - Nanã Burucu, orixá mais velho das águas. Mora nos charcos e pântanos.

O

Obaluê - Significa o Senhor da Terra. Afirmam ser Obalué e Omolu o mesmo orixá em dois estágios. Obaluê, o jovem, é o guerreiro, Omolu, o velho, é o sábio feiticeiro. Ambos curam, atendem como médicos dos pobres. Obaluê governa no cemitério (calunga), dividindo a regência do reinado com Iansã.
Obás - Integrantes do Conselho de Xangô.
Odoiá - Saudação a Iemanjá.
Ogum - Orixá conhecido como Abre-Caminho, Dono da Estrada, Senhor do Tempo. Invencível em qualquer demanda, só quem pode com ele é Deus.
Oguniê! - Saudação a Ogum.
Oia iê ô! - Saudação para Oxum.
Oió - Império da África criado pelos iorubás, onde hoje é a Nigéria.
Oké Aró! - Saudação a Oxossi.
Omolu - Orixá da cura de todas as doenças. Temido e muito respeitado.
Opelê - Rosário de Ifá, utilizado pelo oráculo nas suas adivinhações.
Orixá - Personificação das forças da natureza. Antigamente os orixás eram seres humanos na África, que se tornaram divindades pela força de seus poderes e virtudes.
Orun - Define, na mitologia yoruba, o céu ou o mundo espiritual, paralelo ao Aiye, mundo físico.
Oxalá - Pai de todos os orixás. No sincretismo religioso é associado ao Nosso Senhor do Bonfim.
Oxossi - Orixá, deus da caça, rei de Keto.
Oxum - Mulher de Xangô e Oxossi. Orixá da beleza e da riqueza.
Oxumaré - Orixá bissexual. O arco-íris.

P

Padê - Despacho para exu, precede a todas as festas do candomblé. Cerimônia simples realizada antes do ocaso.

Palmares - Quilombo de Palmares. Foi o que mais resistiu bravamente ao Brasil escravocrata.

Pastinha - Mestre importante da capoeira angola.

Patuá - Amuleto, tendo poder mágico para proteger o portador.

Pedro Porreta - Capoeirista importante da Bahia antiga.

Pegi - O santuário do candomblé. Onde fica o oratório do santo.

Pemba - Giz grosso, em forma cônico-esférica, usado para marcar e proteger dos maus espíritos.

Pitó - Cachimbo.

Preceito - Dever para com o orixá ou com a casa. Parte do ritual. Obrigação.

Q

Quilombo - Aldeia que abrigava os escravos fugitivos de engenhos, fazendas e casas-grandes.

Quizília - Pendência. Antipatia. Aversão do orixá por alguma coisa e, por extensão, às suas filhas.

R

Rodar - Fazer a roda. Entrar em transe.

Rum - O atabaque maior na orquestra do candomblé.

Rumpi - O atabaque médio da orquestra.

S

Sabença - Sabedoria.
Salubá! - Saudação a Nanã.
Samuel Querido de Deus - Capoeirista importante no tempo em que o jogo era realizado na vadiagem das vielas e becos da velha Salvador.
Sete Mortes - Outro capoeirista legendário, do tempo em que a capoeira não era jogada no barracão ou salão.

T

Terreiro - Lugar onde se bate o candomblé.
Tiriri - Um dos nomes como Exu é chamado.

V

Vovó Maria Conga - Orixá filha de Nanã, pertence à linhagem dos pretos velhos.

X

Xangô - Orixá masculino, deus do raio e do trovão.
Xinxim de galinha - Galinha preparada ao molho pardo.

Z

Zumbi - Zumbi dos Palmares. Chefe da República dos Palmares, quilombo na serra da Barriga, em Alagoas. Considerado como o mais importante herói da resistência negra ao colonizador branco. O Dia da Consciência Negra, em novembro, é quando se reverencia a memória desse grande líder da resistência negra ao Brasil açucareiro.

Leituras Sugeridas

MAIA, Vasconcelos. *ABC do Candomblé*. São Paulo: Edições GRD, 1985.
CARNEIRO, Edison. *Candomblés da Bahia.* 2ª. ed. rev. e ampl. Rio de Janeiro: Editorial Andes, 1954.
FERREIRA, Aurélio Buarque de Holanda. *Novo Dicionário da Língua Portuguesa.* Rio de Janeiro: Nova Fronteira, 1986.

Biobibliografia

Cyro de Mattos nasceu em Itabuna, cidade no Sul da Bahia, em 31 de janeiro de 1939. Jornalista e advogado aposentado. Formado em capoeira regional, teve como seu professor Mestre Bimba. É ficcionista e poeta. Autor de 47 livros pessoais, de diversos gêneros. Premiado no Brasil, Portugal, Itália e México. É também publicado em Portugal, Itália, França, Espanha, Alemanha e Dinamarca. É membro efetivo da Academia de Letras da Bahia e do Pen Clube do Brasil. Doutor Honoris Causa da Universidade Estadual de Santa Cruz (Bahia).

Relação de obras

FICÇÃO – *Os Brabos,* novelas, Prêmio Afonso Arinos, da Academia Brasileira de Letras, 1979; *Duas Narrativas Rústicas*, 1985 (contendo "Inocentes e Selvagens", Prêmio Miguel de Cervantes, da Casa dos Quixotes, Rio, para autores dos países de língua portuguesa (1968) e *Coronel, Cacaueiro e Travessia*, Menção entre os quatro finalistas do Prêmio Internacional de Literatura da Revista Plural, México (1981); *Os Recuados*, Prêmio Leda Carvalho da Academia Pernambucana de Letras, contos, 1987; *Berro de fogo e outras histórias*, 1997, Prêmio Vânia Souto Carvalho (2002), da Academia Pernambucana de Letras; *Natal das Crianças Negras*, 2011; *Os Ventos Gemedores, romance*, 2014, Prêmio Pen Clube do Brasil, 2015; *Fissuras e Rupturas: Verdades*, contos, 2015; *O Velho e o Velho Rio*, contos e novelas, 2016; *Todo o Peso Terrestre*, contos e novelas, 2017.

CRÔNICA – *O Mar na Rua Chile*, 1999, Finalista do Jabuti (2000); *Alma Mais que Tudo*, 2006; *O Velho Campo da Desportiva*, 2010; *Um grapiúna em Frankfurt*, 2013.

POESIA – *Cantiga Grapiúna*, 1981; *No Lado Azul da Canção*, 1984; *Lavrador Inventivo*, 1984; *Vinte Poemas do Rio*, 1985; *Viagrária*, 1988; *Cancioneiro do Cacau*, 2002, Prêmio Nacional de Poesia Ribeiro Couto, da União Brasileira de Escritores, Rio (1997), Terceiro Prêmio Nacional de Poesia Emílio Moura, da Academia Mineira de Letras (2003), Finalista do Jabuti (2003), Segundo Prêmio Internacional de Literatura Maestrale Marengo d'Oro, Gênova, Itália (2006); *Os Enganos Cativantes*, 2002; *Canto a Nossa Senhora das Matas/ Gesang Auf Unsele Liebe Frau von Den Wäldern*, português-alemão, tradução de Curt Meyer Clason, 2004; *De Cacau e Água / Of Cacao and Water*, tradução de Fred Ellison, 2006; *Poemas Escolhidos/ Poesie Scelte*, tradução de Mirella Abriani, 2007, Segundo

Prêmio Maestrale Marengo d'Oro, para obra inédita, (2006); *Vinte e Um Poemas de Amor*, 2011; *Ecológico*, 2013; *Onde Estou e Sou/ Donde Estoy y Soy*, português-espanhol, tradução de Alfredo Pérez Alencart, 2013; *A Casa Verde e Outros Poemas*, edição ampliada, 2014; *Poemas da Terra e do Rio*, 2015; *Poemas Ibero-americanos*, Fundação Casa de Jorge Amado, Salvador, 2017.

ENSAIO – *A Anotação e a Escrita*, 2016; *As Criações de Adonias Filho*, Publicações Academia Brasileira de Letras, Rio de Janeiro, 2017.

LITERATURA INFANTOJUVENIL – *O Menino Camelô*, 1991, Prêmio da Associação Paulista de Críticos de Artes (1992); *Palhaço Bom de Briga*, 1993; *O Circo do Cacareco*, 1998; *Histórias do mundo que se foi*, 2003, Prêmio Adolfo Aizen, da União Brasileira de Escritores, Rio (1997); *O Goleiro Leleta e outras fascinantes histórias de futebol*, 2005, Prêmio Hors Concours Adolfo Aizen, da União Brasileira de Escritores, Rio (2003); *O Menino e o Boi do Menino*, 2007; *O Menino e o Trio Elétrico*, 2007, Prêmio Maria Alice de Lucas, da UBE, Rio (2008) ; *Roda da Infância*, 2009; *Lorotas, Caretas e Piruetas*, 2011, Prêmio Alice Maria da Silva, UBE, Rio (2012); *O que eu vi por aí*, 2014; *Oratório de Natal*, edição ampliada, 2014; *O Circo no Quintal*, 2015; *Minha Turma Agora Dorme*, 2015; *Minha Feira Tudo Tem Como Onda Vai Vem*, 2015.

NO EXTERIOR - *Klagesang i Klippene (Ladainha nas Pedras)*, na antologia "Latinamerikas Speji" (Visões da América Latina), novela, com Juan Rulfo, Jorge Luís Borges, Mario

Vargas Llosa, Julio Cortázar, Carlos Drummond de Andrade, Clarice Lispector e outros, Editora Vindrose, Kopenhagen, Dinamarca, 1982, tradução de Uffe Harder; *Vinte Poemas do Rio*, edição inglês-português, tradução de Manuel Portela, Portugal, 2005; *Ecológico*, Portugal, 2006; *Poesie della Bahia/ Poesia da Bahia*, bilíngue, tradução de Mirella Abriani, Itália, 2008; *Zwanzig Gedichte von Rio und andere Gedichte*, tradução de Curt Meyer Clason, Halle, Alemanha, 2009; *Canti della terra e dell'acqua/Cantos da terra e da água*, tradução de Mirella Abriani, Milão, Itália, 2010, Prêmio Internacional Leodegário Azevedo Filho, da UBE, Rio (2010); *De tes instants dans le poème/De teus instantes no poema*, tradução de Pedro Vianna, Paris, França, 2012, Prêmio Internacional Jean-Paul Mestas, da UBE, Rio, (2013); *Il Bambino e Il Trio Elétrico*, tradução de Mirella Abriani, Roma, Itália, 2013; *Vinte e Um Poemas de Amor*, Portugal, 2013; *Il Bambino Camelô*, Roma, Itália, 2015, tradução de Antonela Rita Riscelli; *Poemas Ibero-americanos*, Coimbra, Portugal, 2016; *Poesie Brasiliane della Bahia*, Roma, Itália, 2017; *Donde Estoy y Soy*, Madri, Espanha, 2017, tradutor Alfredo Pérez Alencart; *Natale dei bambini neri*, Roma, Itália, 2018.

Algumas Opiniões sobre a Poesia de Cyro de Mattos

"Mas o seu poema não irrompe de qualquer abalo sísmico, ou de qualquer intempérie facilmente previsível. Ele eclode da história revigorada, nasce do fundo do homem e das coisas, da sua raiz em curso, da sua origem protegida do menor sedentarismo."

Eduardo Portela, crítico, doutor em Letras e professor emérito da Universidade Federal do Rio de Janeiro, membro da Academia Brasileira de Letras e ex-Ministro de Cultura. In: *Cancioneiro do Cacau*, Prefácio, Ediouro Publicações, Rio de Janeiro, 2002.

"*Cancioneiro do Cacau* è poesia dagli ampi orizzonti storici ed esistenziali, articolata in lucidi spazi lirici, che evocano misteri ed epopee brasiliane di grande suggestione (anche nella traduzione di Mirella Abriani).

Graziella Corsinovi, Presidente della Giuria Premio Letterario Internazionale Maestrale Marengo D'Oro, della Università di Genova.

"Né à Itabuna, dans la région de Bahia, Cyro de Mattos est conteur, chroniqueur, et poète auteur de 28 recueils donnant lieu à d'heureuses critiques de Jorge Amado, Eduardo Portella et Assis Brésil. Du dernier né – Vingt Poèmes du Fleuve –; on peut dire qu'il reflete l'un des plus profonds regards d'âme sur les saisons intimes de l'époque."

Cahiers de Poésie Jalons, numero 84, Vichy, France, dirigés par Christiane et Jean-Paul Mestas, 2006.

"Li e reli sua obra, com encanto dos sentidos e admiração por seu talento mágico." (Ich habe Ihr Werk gelesen und wiedergelesen mit dem Entzücken der Sinne und der Bewunderung für¨Ihr magisches Talënto).

Curt Meyer-Clason, autor e tradutor de *Zwanzig Gedichte Von Rio und andere Gedichte*, de Cyro de Mattos, antologia, Projekte Editora, de Halle, Alemanha, 2009. In correspondência pessoal, Munchen, Alemanha, 15 de agosto/4 de outubro de 1998.

"Há que desnaturalizar o real se queremos alternativas. Daí que a localização de vozes como as de Cyro de Mattos sejam hoje em dia cada vez mais importantes, pois nos ensinam a diversidade dos lugares da terra em que vivemos, nos obrigam a refletir sobre inocências que por lá se perderam, nos ajudam a conviver com a experiência que deles se fez presença em outros lugares em que nos reconhecemos e em que decerto voltaremos a perder – levando-se sempre conosco essa riqueza imensa dos lugares em que se foi "tomando forma", nesse rio simultaneamente definitivo e enigma, metáfora de toda a existência."

Graça Capinha, Professora Doutora em Poética, da Faculdade de Letras da Universidade de Coimbra. In: *Vinte Poemas do Rio*, edição inglês-português, Editora Palimage, Viseu, Portugal, 2005.

"É desta janela pessoana que escolho ler aqui o sensualíssimo lirismo de Cyro de Mattos, que em poemas da mais cristalina corrente-do-existir dá a beber a precária realidade-de-ser."

Maria Irene Ramalho, Professora Doutora em Literatura Norte-Americana, da Universidade de Coimbra, Portugal, *in Poemas Escolhidos/ Poesie scelte*, Segundo Prêmio Internacional de Literatura Maestrale Marengo d'Oro, Gênova, Itália, para obra estrangeira inédita (2006), Editora Escrituras, São Paulo, 2007.

"No silêncio e quase segredo de sua Itabuna bem-amada, o poeta Cyro de Mattos – um baiano que não emigrou, e ficou desde sempre grudado ao ar, ao mar, aos azuis e verdes do céu e da terra, às águas do seu rio, às gentes e bichos e casas do horizonte natal – sustenta uma das vozes mais nítidas e singulares de sua geração. A respiração do amor - tão presente nestes *Vinte e um poemas de amor* – rege os seus versos ora como uma confidência ora como uma palavra alta. Essa modulação constitui o atrativo fundamental de sua poesia. É a música de uma maré que avança e se torna vazante, o rumor de uma terra habitada pela esperança e perplexidade dos homens, a radiosa claridade de um dia que haverá de transformar-se em noite. Escuto a voz poética de Cyro de Mattos desde o instante inicial de sua elevação. Paro sempre para escutá-la."

Ledo Ivo, escritor, poeta, romancista, ensaísta, da Academia Brasileira de Letras, *in Vinte Um Poemas de Amor*, Editora Dobra Literatura, São Paulo, 2011.

"Encontro a densidade amorosa/erótica nesses fantásticos *Vinte e Um Poemas de Amor*! Li-os e reli-os... fizeram-me voltar no tempo... Essa é a magia da palavra criada pelo Poeta Maior: eternizar no Verbo aquilo que é "lampejo" existencial, paixão indizível, que só a Poesia pode reviver e perenizar no tempo."

Nelly Novaes Coelho, ensaísta, pesquisadora, Doutora Professora Titular de Literatura na USP, *in Vinte e Um Poemas de Amor*, Editora Palimage, Coimbra, Portugal, 2013.

Este livro foi composto em Garamond
e impresso em papel Avena $90g/m^2$ (miolo)
e Cartão $250g/m^2$(capa), no mês de outubro
de dois mil e dezenove.